歌集

あけもどろの島

平山良明

第一歌集
文庫
GENDAI
TANKASHA

目次

序

仲宗根政善

島ぐるみの土地闘争が盛り上り、那覇高校の運動場で、前代未聞の県民総決起大会が行なわれた日だった。当時、琉球大学の学生だった平山君が、壇上に躍り上って、旗をふり、音頭をとって大いに気勢をあげた。その写真は文芸春秋の口絵になった。

「太陽の思想」は、すでにあの時から発散していたにちがいない。

天災地変にさいなまれ、悲惨な戦争にいたみつけられて、天災人災のつづく悲劇の島に生きてなお「太陽の思想」を持ちつづけて行こうというのである。

おもろ詩人たちは、東海から真紅の光の焔を渦巻いて上る太陽を「あけもどろのはな」と詠んだ。あけ雲に霊力《せぢ》がただよい、まるで潮騒のようにも感じとった。

沖縄人の意識の底にある「あけもどろ」は、今度の戦争を契機に、地の底から、まるで火の玉のように燃えあがりつつある。戦塵を国頭の谷川の清水に洗い流し、あたりをおおう新緑に「あけもどろのはな」の照り映えているのを見たとき、私はかつて経験したことのない感動をおぼえた。

島の根はこゆるぎもせず大空の光に映えて若
葉かをれり

蘇生の喜びもつかのま、二十数万の生霊の骨の埋れている島の上には、平和への悲願をせせら笑いつつ、巨大な基地が築かれた。

平山君は、この島の「宿命と疎外」を歎きつつしかも「太陽の魂」を失わない。

人の世の深き悲しみくり返すあけもどろのは
なさいわたる島

環礁に骨は音たてて洗われてあり海鳥も飛ばぬこの島の涯

人間の血を吸い尽したる土地にして黒き尾翼の構図となれり

見上ぐれば蝶もベトナムへ行く如きかたちして吾を過ぎゆきしかな

血の道は絶ゆることなし船底に白き腹してコバルト六〇

いのちなき海の怒りか轟々と地底に深し死への幻想

哀音は緩やかな風を吹かしめて山羊はガス漏

れを試されてあり

「太平洋のかなめ石」の中に住む人間は、すべて殺戮の加担者である。この自覚に徹しえず自分を遊ばせている嫌悪感を誰がぬぐいさりえよう。本土復帰によって、さらに一億国民を殺戮の加担者にひきずりこむ。辺戸の岬まで行って、かがり火をたいて呼びかけた祖国であったのに。

求め来し母国は遠しはろばろとおきなわのこころとどかざるまま

求め来て遂に還れる祖国への道はろばろと続きてありぬ

海流の逆上しゆくその果てに続く遠い時間をたたむ

どろんこの海黒黒と横たわり怨念の過去語る
　なき夏

分断された沖縄は、とかげのしっぽのように、もがきくるしんでいる。

断たれたるトカゲのしっぽのように生くる沖
　縄島の歴史をいたむ

怨念の思想は深く地に満てり乾き果てたる幾
　年の謎

今二十幾万の地下の骨はガラガラと音をたてている。トカゲのしっぽには太陽のようなエネルギーがみなぎっている。あけもどろのはなは焔をあげ、潮騒のようにどよみわたり、かつて血に染った山河に、反戦平和の叫びが次第に大きく、高くひろがりつつあるのだ。

遠い母国心に宿し百万の足並みはいま黒潮に乗る

吹火筒の眼孔に映る遠い祖国安保繁栄のうつろなる顔

同族の支配さながら呼びてある妖笑のいま沖縄を襲う

血の色の変化《げ》のままに見てあらん沖縄を軸とする日本の傾斜

悪霊を呼ぶ靴音の高くして狂いてありぬ終りなき夏

（琉球大学教授）

序

中野菊夫

平山良明君の歌集『あけもどろの島』は、いまの日本の最も大切な〝沖縄〟をテーマにしたものであり、沖縄を故郷にもつ作者の思想の深まりを描き上げたものである。

平山君は琉球大学の生物学科に入学し、のちに国文学科を卒えている。高校弁論の指導では全国的に奔走し、沖縄と本土の対話の結び目を作っており、それが「弁論日本一」という名で数多くの子弟を教えている。平山君の特活指導は高い評価を受けており「全国高校弁論連盟表彰」や「沖縄タイムス教育賞」などをも受賞している。

今日の沖縄の文学界のみならず、特に教育にとっては大切な人物なのだ。

戦後間もない沖縄から、まだ大学生だった平山君が上京して現地の惨状を本土のわれわれの前に直接訴えたことがあった。

占領軍への抵抗である。同時に本土の私達への警鐘でもあった。それがはじめてで、その後何回も平山君は上京してきた。逢えばおだやかに文学のことを話すのであったが、一たび沖縄問題にふれると、火のようになり、氷のようになった。

今日の沖縄の問題を、私達はまだほんとうに現地に生活している人たちと同じ感情、感覚で把握していない。理解しているつもりでいるのが一層よくないのだ。実際には、何分の一かもわかっていないところがあるのだ。

現地へ行ったとしても、観光旅行的に、表面だけをみたのでは分るものではない。

ほんとうの悲しみや、いかりは、底の深いところに沈んでいるのだ。

私も平山君と何日かを沖縄に生活して、その苦しみとかなしみといかりの片鱗にふれて愕然としたはずかしさを思わずにはいられなかった。

昨今、沖縄をテーマにした作品は多いけれども、平山君の作品は、そうした深層の声を発している点で、はじめて見る歌集である。

血をみたし酌み交すべしきみとわが春の宴に爆音つづく

近づけばなおも遠い母国と知る新聞は見ないで寝ることにしよう

つり革につられたるままの人間が流れとなりぬ東京空し

平山君の短歌は、本土へ突きつけて来る。東京詠も鋭敏である。私は、この作品が一人でも多くの人々によまれて、今日の沖縄に生活する人々の声を切実にきいてほしいと思う。

〈日本歌人クラブ幹事〃樹木〃主宰〉

プロローグ

平山良明

おきなわ……かつて二十数万の生血を一度に吸いつくしたこの土地にも、時間は無表情にその影を残していった。

沖縄の人達のすべてがそうであるように、いまもわたしの中には、かつての悪夢が、永遠の現在となって生き続けている。

この島は、たえずある種の「宿命と疎外」という形で問いかけられ、受けつがれて来たのであった。自らの判断で事を企るということを許されず、たえず忍従の中から「生きる哲学」を見出し、他人と同居させられるという形式の中で、沖縄的なるものをあたためる以外に道はなかった。

従って、その島弧の悲劇は、それがあらゆる時代に天災や人災となって繰り返され、島を犯しつづけて来たのであった。

昔から「海上の道」であったこの島は、寄せてはかえす人間と自然の移ろう中で、数数の独自の歴史を産み育てた。それは、外面上は「支配と屈辱」という悲しく暗い絵巻きでありながら、その中にあって脈々と流れているものは「太陽の思想」そのものであった。

それが「あけもどろ」の心である。

沖縄の過去の軌跡をたどってみる時、そこにいかなる強大な支配者が現われても、沖縄はその太陽の魂を売らなかった。従って沖縄を支配しようとした企みは、いつかは滅びていった。支那もアメリカも、母国である日本さえも沖縄の心情をとらえては居ない。「物呉いしどわが御主《ムンクイシドゥワーウシュー》」とは言われながらも、単純な心で自分に妥協する人間を、心のどこかで笑っている。不思議な島である。

このように歪んだ不思議な島で育ったわたしであるから、顔も歪んで来る。考え方も歪んで来る。歪んだ顔の歪んだ考え方で祖国をじっと睨んでいると祖国も歪んでいる。

いま、沖縄を通して祖国が大きく旋回しようとしている。わたし達が眺めていた祖国の姿は、大きくその体質改善をせまられながら沖縄を起点としてアジアをにらんでいる。その眼も歪んでいる。

わたしの短歌は、わたし自身と沖縄と、祖国であるはずの日本の歪んだ交点の中で生まれている。

沖縄という中で短詩形文学を考えるとき、あるいは甘い祖国への感傷も想像したくなるのだが、すでにわたしの中で短歌的抒情など枯れきっている。それも短歌であるなどとうそぶく気持はないのだが、短歌一千年の歴史を支えて来たものは、甘い感傷だけではなかったということに、ささやかな救いをもっている。

短歌は日本人の「呼吸」そのものであった。形式的に言う音数律とも呼びたくない。とにかく「呼吸」そのものが短歌の要素であった。

その呼吸がアメリカ支配の沖縄から消えずに、祖国へ還る為の「呼吸」の要素として沖縄に実在していたということに、ささやかなよろこびを感じている。

短歌的技巧はある意味では否定されながら日本文学の様式の中で常に首位に定着しているわけだが、その不思議も沖縄から短歌が消えないという要素にかかわりを持つかもしれない。

それにしても、わたしの短歌は何と荒削りなのだろう。もう少し推敲を重ねてはどうかと自分に言いきかせ、責めたてるのだが、それがかえって自分の決断をにぶらせる。

沖縄にある事象が一つも整理されないままに堆積されていくのだから、この中で固定した意味の想像力を書き記してみるということに大きな迷いを感ずるのである。

弁解がましくなるけれども、荒削りの現状を肯定せざるを得ない。意のある人は、「こんな短歌もある」と読んでいただけるものと思う。

さて、沖縄を短歌という形式で掘りあててみようとする時、そこでどうしても自分の思考が盛り上らない部分を見る。沖縄がアメリカ式に言う「太平洋の要め石」であるとする時、そしてそれがベトナムをはじめとするアジアへの侵略の要めであると肯定する時、ぼく達自身のすべてが加害者であるということを認めなければならない。

わたしの血や心の中に殺意があるわけではない。しかし沖縄を通して彼等が殺戮を繰り返しているということは、わたし自身が何らかの形で加担させられていると考えるのが妥当である。

従って沖縄そのものの中に、殺意がみなぎっているわけだから、わたし自身の思想もその周辺をさ迷いながら、自分を遊ばしている。わたしにも、沖縄自身の中にも、殺意はないが、殺意がないということを公言する勇気など持ち合わせていないのである。

しかし、もし沖縄が殺戮の加担者であるときに日本もその中に住む「さざなみ文化」の国民も加害者であるということを考えなければならない。

ところで「海上の道」である沖縄は、文化の拠点を透視しながら、その中から異様な条件を造り出している。海上の道は、腐敗しきった文明の利器の載積所となってしまったし、もうその道は人間のロマンなど認める世界ではなくなってしまっている。

詩情を失ってしまったこの島で、いかに三十一文字を口ずさんでみても、文学などにはなり得ない条件ばかりである。不毛ということばは、その土地の為に準備されていることばでさえある。

しかし、その中にも人間の生きる道を見出していたい。沖縄島が歴史に逆行するものでなく、暁けゆく空のように期待されるべきものであることを信じていたい。

歌もどろんこ。わたしもどろんこ。しかしわたしの心に「あけもどろの花」が咲くまで、わたしの島が「あけもどろの島」になるまで歌い続けていたい……。

（一九七一年十月十六日　沖縄国会開催の日）

I　あけもどろの島

ゆめうつつの中に目覚めて、しののめの空に眼を移すと紫雲がただよい、それがやがてあかね色に染まる。金銀の色ではない。それよりも豊かな光りと焔が渦となって、その奥に太陽を宿しめている。

「おもろ」の詩人たちは、この荘厳な自然の営みの中の太陽を「あけもどろの花」と名付けた。

一天に鳴響《とよ》む大主（太陽）
　明けもどろの花の
　咲いわたり
　あれよ！見れよ！清らやよ！
　又地天とよむ大主

南国の壮観な日の出は、恐らく孤島沖縄の古代の詩人たちにとって、生命そのものであった。太陽を擬人化し、更に神格化して描く「おもろ」の描写は、人間の域をこえている。夜明けを待たない人は居ない。昔も今も、陽光を待つ心は同じである。

ところで、今の沖縄に生を享け、その中であけもどろの光景を期待して眺めやるとき、それが大きな心のかげりとなって、人生の去来を疑わしめるのである。

そこには「おもろ人」が詠んだ沖縄は、化石のままで眠っている。

いま沖縄にすえつけられ、妖笑の顔を太陽に向けている文明の利器を思うにつけ、ぼく達の中のあけもどろをとりかえさなければならないと考えるのである。「おもろ」の詩人達の子孫は、いまはただ死神の霊を追いながら、この島の山に浦々にさ迷うばかりである。

もう幾年か前、太陽を失ったこの島の中でまさぐり求めて来たものが何であったか。

それはある時、「祖国」という名で呼ばれる「生存」そのものを追い続けて見たこともあった。しかし、いまわたしの前の祖国は、「逆襲」して来る魔の声にも似て、ただわたしを慄然とさせるばかりである。

しかし、いまは生も死も問うまい。期待されるべき「あけもどろ」へ向って歩み続ける跫音を聞くだけでよい。その跫音を追って、その中に自分が何であり得たかということを自問してみたい。恐らく誰もが「生」のあらん限りをぶっつけて来たこの島である。しかしある人にとっては逃避であったかも知れぬ。妥協であったかもしれぬ。または敗北であったかもしれぬ。とにかくわたしの跫音を聴いてはくれまいか。

四月の炎

十字架の接点に血は注がれてしたたり落ちるここは沖縄

黒々と吐き散らしたる文明の嘔吐《おうと》をまさぐり生きゆかん民

人質のバランスシートを焼き捨てん今燃えさかる四月の炎

ふみしめてここは流浪の島なりと言い聞かせたる空しさを知る

朱く咲く梯梧はつぼみをもちてあり歌声高し二十六年目の四月

祖国への道ありやなし迷い来し二十余年の跫音を聴く

赤旗は揺れて続きぬ網の目の行進をいま続けていたる

幾万のコブシは基地に向けられて今解放の原点となる

わが祖国確かめんいまかがり火の波の彼方に疼く与論島

おのおのの孤独積み上げん夜の道闇のままなる時間は続く

足曳きて追われしままの人間が流れとなりぬ四月の炎

求めゆく平和の時点定まらずただに虚空をかき抱きたる

赤土の山点々と肌を見せ祖国はなおも遠くなりゆく

眼にしるき魚紋の空をいつまでも見つめていたり四月は終る

あけもどろの島

敗れたるは人のみにあらず肌を見せ曳かるる
よ今も遠き島山

人間の血を吸い尽したる土地にして黒い尾翼
の構図となれり

人の世の深き悲しみくり返すあけもどろの花
咲いわたる島

人類の業とすべきか地獄図を描きつづけて生きゆかんのみ

暁けてゆく空の温もりこの島の五月の野辺に梯梧は赤し

白き血を吐きて行きたり競う如あるは追われしものの如くに

耳なれし不協和音と知りつつも赤い梯梧の空に眼をやる

わがふりし日本の旗を忌む如き心地して兵士
の墓標を過ぎぬ

みずからの柵をゆるがし飛び発ちぬ明日をも
たざる文明の利器

いつの代も悲しき民よ今われら祖国喪失の夢
の中の生

遥かなる祖国近づきぬ二十五年の歳月をいま
確かめんとぞ

過ぎてゆく春確かめん花一つ梯梧は朱《あか》く地を
染めてあり

こぼれくる光りは淡し紅型の模様に似たる影
映す海

狂い咲くバラが聖母の面影を残して嘉手納の
基地は広がる

曳かれゆくもの

うち寄せる波に浸蝕されてゆく珊瑚の肌に似たる島山
天空に構図をなして広がれるメースB基地へ曳かれゆくもの
くろぐろと血を吐きすてて帰り来ぬ妖しき聖母の帯をとく宵

神々は出雲の国へ去りしまま黒い尾翼のみ世
に君臨す

形なき厚き壁なり二七度線手にとる如き島影
愛し

地を揺りて飛び来たる者きみもまた地獄通い
の平和主義者か

からだいっぱい廃油をあびて居ん君の血で血
を洗う造型も又

地を這いてつづく地鳴りのかまびすしいま島
山の曳かれてあらん

海のバリケード

事を図る何物もなし砂の中に孤独にとざす貝
拾い居る

血の道は絶ゆることなし船底に白き腹してコ
バルト六〇

血をみたし酌み交すべしきみとわが春の宴に
爆音つづく

いのちなき海の怒りか轟々と地底に深し死へ
の幻想

築きたる海のバリケード越えん今スクラムの
中に力湧きくる

戦いて死ねと教えられしそのままに征き征き
てあらん岩肌の杜

還り来ぬ者みなここに集まりて叙勲の査定聞き居るや否

鶏頭は枯れたるままに空を向きぬ海は嘉手納の色を映さず

毒ガスの森

枯尾花ひそかに揺れて続く道軍用トラックの音高き冬

嘉手納基地の伸びゆくあたり知花の森妖々と
してかげろうの舞う

横文字の看板を幾つも数えながら人間のみの
企み淡し

山羊だけが試されてあり秘めてある毒ガスの
森をかたわらに見る

死を肯定するものの一つだになし毒ガスの貯蔵
庫のあたり山羊の声聴く

青空を手帳のひろさに書き写し心の憂さを飛ばしめん冬

沖縄の中なれば心の痛みあり松葉木立の中に続く道

人間の通わずなりて二十五年野生のサトウキビ風に揺れてあり

山羊だけが知って

哀音は緩やかな風を吹かしめて山羊はガス漏れを試されてあり

迷い行けば読《ゆん》谷《たん》山《ざん》の山肌の赤く見するところ地下壕続く

首くくられそのまま放たれし山羊幾つ放射能を身に纏いてありき

アメリカの所業よ空し人殺す毒ガスを秘め山
羊に向けたる

幾年か鉄条網の中なれば山羊の声など疑わず
あり

黒煙を吐きて飛び発つその下に知花爆薬倉庫
の眠る

これがやがて沖縄の歴史を狂わせる要因とな
らん無言の兵器

真新し横文字の看板に添いて行く治外法権の
痛みは深し

しらじらと明けゆく山の白き色打ち消しなが
ら見る白き空

毒ガス撤去の声なまなまし怯えたる人間の相
に仏心を見る

地に深く狙い澄まして夏の日の企みはなお消
ゆるあたわず

悲しき民

風の音の耳にさやけし故里は波より白く伊集
の花咲く

黒き尾を残して機体は消えゆきぬブーゲンベ
リヤは軒並に赤し

ふり上げたこぶしに反戦の血は通い終わるこ
となき歌声に和す

死はかくも空しきものよB52頭上に飛ばして
生ける群像

赤土の甘蔗畑も銀色の穂波をたてて冬を湛え
いる

悲しきは島の歴史かあかあかと基地は山野を
思うままなる

幾度か受難の歴史越え来たる民族の旗大きく
揺れる

同胞の鮮血の防波堤目に新らし還りなんいざ
悲しき民よ

黒色の幻想

鉄柵を這う如く吾等群れており腕組みながら
声あげながら

B52撤去の呼び声うち消して頭上を低くベトナムへ飛ぶ

あかあかと染まりし空に吸われゆくきみも文明と呼ぶべきや否

環礁に骨は音たてて洗われてあり海鳥も飛ばぬこの島の涯

空の流れのみは信ぜんと登りたるそこにも文明は住みついて居たり

沖縄をしばりたる縄にて自らを追いつめんとする日本を泣く

慶良間《けらま》島へ落ちて行くような飛行雲吾子と眺
むる春の街寒し

光り降る四月の空の限りなく続く天上雲白く
して

文明が地を揺がして行くときに南の国の空は
夕焼け

追われゆく人間の群宿しめて夜は黒色の幻想
のまま

II 原爆図

人間が、人間であり続けるということは、今日の人間にとって恐らく永遠の課題であろう。広島の過去は、ある種の人間が、ある種の人間であろうとした為に犯した大きな人間への問いかけであった。その中で、人間と呼ばれる存在が、共に学びとらなければいけなかった教訓は、人間という存在は、一つでなければいけないし、仮りに二つ以上の「存在の意味」を持ち続けていても、その源流に於いて一つの生き方を共有しなければいけないということであった。

広島の死は死の瞬間から沈黙を守った。楽天的な日本人の感覚からすれば、それは敗北の静寂さにも似ていた。しかし、沖縄の中で、波の間からしのび寄ってくるその無言のささやきは、一つの血脈のようなうねりとなって聞えて来た。広島を語ることにことばは無用である。ただそこに広島が存在するだけで、十分な対話が可能なのである。

今はすべてが遠い過去となろうとしている広島である。しかし、沈黙の声は、沖縄を流れてやまない。

わたしは広島を幾度となく訪れた。そこには多くの友をもっている。詩人がありり教師があり、そして実業家がある。みんなが過去を忘れたかのようでありながら、一人一人の中にそれを尊いものとしてあたためている。わたしは、その人達がもっている内面にふれることは恐しいし、それ自体大きなためらいをもっている。「ヒロシマ」の経験の中から広島を語られるということは、わたしにとって大きな苦痛である。しかし、わたしはある時は自分の心をなだめながらその声を耳にし広島の残酷を目にもした。

広島は、現代に生きている人間が描き尽せるものではない。無数に散乱する冊子を拾い上げてみても、ただに一つのことばの繰り返しに過ぎない。わたしの中でも、原爆図を詠みつづってみてその表現の白々しさに怒りすら覚えることはどうすることもできないのである。

二十万余の生命の犠牲の上に詠まれるという短歌が、どれ程の意味を持ち得るのか。いやそれを問うことそのものが遊びにも似ているかもしれない。いのちにふれる短歌を描き得なければ、ただ死者の笑いを誘うに過ぎない。

結局広島を考え続け、歩き、語り明かしてはみても、それを文章や詩歌にしようとする時の空しさを思うと、人間の無知を知らされるばかりで、ただ焦るだけである。

原爆図は広島を描き得てはいない。しかしその反省の中から、わたしの広島へ向っている姿勢だけでも見ることができたらよいかと思う。いま、広島は沖縄を語っている。

熱線の影

血を吹きて乳房はそのままに枯れてありにぎりしめたる手のひらの土

熱線の人影いまださ迷えり死は今日も人を招きて居たり

皮膚をたれ水を求めて流れゆく川にくずれゆくこれも人間

火の柱地上一万五千と聞く血を吹き上げて鬼神ためらわず

死神を運びしインディアナポリス黒々と己に向けられし銃口を知らず

原爆図

修羅《しゅら》の声が妖笑おびて近づきぬ煙のみなる生と死の間《かん》

おろかなる人間の業そのままに黒くしたたる
血の海をみる

黒い雨が唇を濡らし降りてあり死は肯定すべ
きものの如くに

黒い雨がしたたりおちる壁をつたい地獄へ通
う幻想のあり

生と死の区別あるなしただ雨とけむりの中を
人の連なる

ブルンブルンと灰色の煙吹き上げて地表は空
しうつつともなく

原子雲が呼びたる黒い雨の音聴きて足りたる
如く逝きしか

人間が人間を食む地獄図と変りなきかな原爆
の町

裸木の海

熔けて行く阿修羅の街よ地を這いて人間の子の群れてゆくあり

るいるいと横たえられし屍に陰をつくりて日輪は過ぐ

黒いしずく降らせしままに広島は裸木の海と変りてありぬ

三〇万度の火球たちまち神々の歴史を地獄へ
すて去りしのみ

死の影が追い来る町よいまだしも末期の水を
乞いて寄り来る

閃光につつまれし笑い天と地にみなぎりてあ
り広島も沖縄も

ただれたる肉片はぼろぎれのように軽くよろ
よろと地表を這い行きてあり

ぶつぶつの乳房を吾子にふくませて遠く逝かせし親ありと聞く

神々の不在を狙いてあやまちを犯せしものか裸像は地に向き

断たれたる臟腑は地面を這いしまま雲の上るを追いゆきてあり

大き瞳を開きしままに太陽を怨むが如く逝きしものあり

飛びゆきしもの

水を乞う声にあらずや妖妖と嘉手納《かでな》の空の闇
に響くは

絶ゆるなく響く悪魔の声きけば広島にかかわ
ることのみ浮ぶ

広島の声にあらずや音たてて飛び行きしもの
飛び来たるもの

きみの血に広島がありあ吾が中におきなわのあ
り泡盛をくむ

道があれば歩かねばならぬ人間の仕草そのま
まに生きてありたし

〝死んだ子の年を数えるのはもうごめんだ〟
沖縄の親よ広島の親よ

降る雨は神の怒りかこの島に怒りの雨を降ら
せてはならぬ

見上ぐれば蝶もベトナムへ行く如きかたちして吾を過ぎゆきしかな

死体につまずいて転んだ記憶のなき如き顔ばっかりが画像となりぬ

ロザリオの乙女らの声白く細く聞ゆる如し浦上の堂
〈長崎〉

ときどきは鋭く光り山を越えぬベトナムへ続くこの空も虚し

腐蝕

遠い日の記憶よ深しヒロシマの異形さながら
日本は狂う

腐蝕した地表に生きて二〇余年ヒロシマの声
は満たされぬまま

生くるとは所詮孤高のチューリップ枯れたる
ままに葉をつけてあり

草の香を恋いつつ歩む広島の幻想のいまわれ
を占めたる

乾かざる人間の死臭妖妖とただよわせてん東
京に向け

「見てしまった」それだけを悲劇の原点とし
広島を考えながら沖縄を生く

水の流れ風のそよぎもとどまりて死の街にい
ま歴史への拒絶

Ⅲ　遠い母国

「分断と圧迫は、どこの国にもあり得ることであったし、多くの民族が体験して来たことでもあった。しかし、一つだけ本土には知り得ない沖縄の苦悩がある。それは、沖縄の基地を通して、アメリカ軍が多くのアジア人を殺しているということであり、更にその兵器の多くはメイド・イン・ジャパンであるという事実である。

目前にある殺戮を、沖縄人は間接的に加担させられている。自分達の体内を流れている清らかな血が、いつの間にかアジア人を殺す人達と同居させられていたのである」（中央公論・一九七〇年九月号・筆者）

祖国はだんだん遠くなっていく。そのことばは沖縄に生きる日本人の誰もが考えていることである。沖縄人が、幻想のように夢見ていた祖国は、もう沖縄人の手にとどくところまで来ている。しかし、手にとどこうとしている祖国は、二十六年前の思考と少しも変ってはいない。世界に向って牙をむき出していた野獣のままの相である。沖縄が求めていた祖国は断片だに残っていない。沖縄は、ただに戸惑っているばかりである。

沖縄人は、今、ようやくにして祖国とは何だ、日本とは何だと考えはじめた。沖縄が日本に還るということがどのような意味を持つものであるのか、そして、それが正しいあり方であり得るのかと――。日本が黙々と歩き続けている道は、戦争への道である。佐藤総理のことばを聞くまでもなく、それは誰の目にも明らかなことである。

わたし達の目に近づいて来る祖国……。それを手にすべきであるか否か。いまわたしの中で、もし一人だけ逃れる道があれば逃げてもみたい。日本という組織の中で、果して沖縄のそれを受け入れる要素があるのだろうか。わたしは考える。しかし、わたしの中でそのことはそれでよいような考えをも働く。沖縄は異質の日本であってほしいという期待も、心のどこかにはある。いまの日本と一つになるということが、墓標の数をふやす予感がただよってはいても……。

沖縄に居てもそれには変りはない。沖縄に居るという意味は、死と同居しているということである。無数に数える米軍の弾薬倉庫に目をやる必要もない。死そのものと同居して来たこれまでの条件と、いつまで同じ条件を繰り返すかということである。

これも死、あれも死、どうせ予告されたものの前で晒されているのであれば、沖縄の二十六年間の体験を通して祖国の中にぶっつけてみる方法はないかと考えるのである。破れかぶれの思想である。しかしどのように近づこうとしてみてもやっぱり遠くにある祖国である……。

返還協定

断たれたるトカゲのシッポのように生くる沖
縄島の歴史をいたむ

怨念の思想は深く地に満てり乾き果てたる幾
年の謎

「祖国復帰」とは日本の戦前へ還るのかと疑
いてみる状況と知る

照りつける島はそのまま燃えてあり夜は歴史
を拒絶せしまま

第四の琉球処分をわが裡に試されてあり重い
時間の中

日米の政治的企みの暴露せし沖縄返還協定に
怒りの続く

日米のアジア侵略の要めという屈辱のまま祖
国へ還る

沖縄のこころをよそに調印せし返還協定無効をさけぶ

沖縄の買い取り条約となりてあり返還協定の中に見る矛盾

沖縄の心を知らぬ心という心に向きて歩き続ける

いつの世も支配されたる島なれば県民不在の返還を泣く

島弧

炎の如五・一九に結集されし幾万の人の波にもまるる
〈五・一九ゼネスト〉

凹凸の人生というをいとしみて泡盛をくむ夏嘆くまじ

海流の逆上しゆくその果てに花綵列島の幻影を見る

アジアへの侵略は空しアメリカの失敗を再び
真似てはならず

四半世紀の支配の歴史を断たんとする民衆の
声闇にこだます

拒否の思想宿せしままに聞いている六・一七
の調印のさま

辺境の思想は終に招かざる胎動のまま殺して
ありき

暁の空に展けゆく雲飛ばしめて島弧の憂い捨て去らんのみ

遠い母国

近づけばなおも遠い母国と知る新聞は見ないで寝ることにしよう

どろんこの海黒々と横たわり怨念の過去語るなき夏

一つ一つ時のうねりを越えて来て座布団一枚の祖国とぞ知る

なおも吾等引き裂かれたる思いにて生きてゆくべしシマチャビの思想

求め来て遂に還れる祖国への道はろばろと続きてありぬ

死は海の底にしずもる石の如試されてあり亜熱帯の夏

沖縄にかかわりなくて結びたる返還協定のうつろなる響き

犯され来しただこれだけの悲しみの堆積となりぬ基地の島われら

海流の行き通うところ定めがたき遠い母国を求めてん夏

待ち居たる祖国への道手にとればそのたくらみの恐ろしさ知る

悲しきは民の歴史かはた時の流れとせんか母
国は遠く

赤土

遠き山に米軍基地を眺めやる一号線につづく
波の音

宙を射るきみ達の武器宿しめて赤土だけの連
想となる

鎮む波の一つ一つに月映えて与論は伝説を秘めて黙せり

遠海の波音のなしほろほろと小鳥の泣くを聞きわけん祖国

想思樹の森は和みぬ辺戸《へど》の岬の相呼ぶかがり火夜を照しぬ

くだけゆく波の柱の落ちるところ空しきものを求めゆく視点

波の音も白々と明ける島山もいとど静かに地球の自転

〈沖縄〉をとらえたる狂気を振り払い叫んでみたき夏終わらしむ

視界

持ちて来れば磯の香りを伝えくれし喜屋武《きやむ》の岬の朱色《あけいろ》の礁

わが胸に響きてやまず今だしも島を眺めてつづく海の音

あけぼのの空こうこうと日輪の展けいづるところに向かいて座せる

人生を計る尺度の何かあらん今わが前に展けゆく空

空と海のわかれは知らず東天に地球の自転確かめん冬

白きもの地を這う如く寄りきたり地球に迫る
人間の業

流れゆく水に逆らう真似をして日輪の影とど
まる一瞬

岩肌を洗う白穂の寄せて来る東支那海へ広が
る視界

風

赤肌を見せて明けゆくおきなわの島のこころ
を追いゆかんのみ

遠き山に米軍基地を眺めやるこのあたり今恩《おん》
納《な》を過ぐる

潮をふくむ風ほろほろと渡りたり祖国へ続く
毒ガスの道

求め来し母国は遠しはろばろとおきなわのこころとどかざるまま

水に浮く思想よ哀れ白い雲の中に吸われゆく現代と思う

縮図

結びたる返還協定の魔の性を見抜くべし今沖縄の過去

一陣の砂礫吹き上げそのままに飛ばしめん夏雲は動かず

ワシントンの声なままと伝え来たりきみ達の為の琉球処分

黒潮の澱みてしばし泡を吹く貌さながらに沖縄の謎

「祖国」ということばは重し闇の中の天の岩戸は仕切りたるまま

足かせを曳きずりしまま歩み来し二十六年の
歳月を思う

日本も過保護のままに育ち来ぬ沖縄島がその
縮図にて

Ⅳ　東京素描

「東京……。白い一枚の薄いカベで仕切られた人間の孤独が、大きな流れとなって渦巻いている都市。過密と疎外とエゴイズムが濃縮されたところ。」(『世界』・一九七〇年六月号・筆者)

東京のエゴイズムは、沖縄などの感覚をもってしてはどうしても理解することの出来ないところのものである。わたしは一九七〇年九月から「研究教員」として東京の某都立高校に勤務する機会があり、そこを軸として東京を考えたのであるが、わたしの中の東京は拒絶そのものであった。どこまで行ってもアスファルトとセメントの東京は、すでに一つの巨大な造形であって血の通う東京ではなかった。その中に人間をはぐくみ、小さな希望を育てていくというような要素などは少しも持ち合せていない都市なのである。

ある時は、そこに住みついてやろうという白々しい芝居も試みてみた。しかし、それは感覚が狂いそうな幻想を誘うのであった。

それにしても、日本人の社会に対する感覚の多くは、その中で構築されているのであるから、その中に夢中になって自分を投じ、その中に自分を泳がしてみたのであった。しかしそれは異質の物体のように、混ざり合わないばかりか、むしろそれが拒否反応を起すのであった。はっと自分に気がついては、何でもなかったような素振りをする。やっぱり沖縄人は日本が今の条件である限り、どこまでいっても沖縄人なのである。沖縄の人間、それは島の人間には共通のところはあろうかと思われるのだが、とにかくその「性」を捨てることは出来ない。一つの呪縛にも似ている。東京で最も不思議に思うのは、堀の向うの松林の中の白い壁の建物である。〝象徴〟と呼ばれる人間の住むところ。その意味を、沖縄の感覚をもってしては、またどうしても解せるものではない。沖縄を追いこみ、沖縄を死に至らしめたすべての罪業の責任者ではなかったのか。それがいま日本の信仰の対象になっている。

人間はその中で平等ではない。沖縄が学びとった民主主義は、その中にはないのである。

多くの東京人はすでに文明に毒されていてこのような矛盾と呼ぶべきものについて考えないし考えようとしない。彼らは平和ということについても考えない。空気と水のように、今自分達がもっている「さざ波文化」が天から湧いて来て、自分達の前に無償の形で存在しているものだと考えている。銀座の人間の流れは、文明のすべてを呑み尽したような顔をしている。彼女達が家へ帰って鏡の前に座している姿を連想したくなる人は、恐らく一人も居ないだろう。知らない部分が多いのも銀座の良さである。それにしても東京は疲れきっている街である。

流れ

乱立する造型の中人間のひとりひとりの平和
なる無言

つり革につられたるままの人間が流れとなり
ぬ東京空し

身辺に死を宿しめて歩かねば所詮東京は一片
の紙幣

東京に空を見るなし黙々と崩れ行くもの持ちつつ生くる

所詮人は世に逆うて生くるのみ声はり上げて叫んでみたき冬

失なわれしものを求めん東京の夜一歩二歩晴れやらぬまま

歩み来ればここもセメントの上にして東京のない東京に住む

人間の流れよ空し東京の樹林あゆまする一つ
なる孤感

象徴

象徴という語源は深し日本の罪業もみなここ
よりおこる

スモッグに関わりなくて緑濃き堀の彼方の孤
絶なる世界

拒絶のみの世界と知るべし東京の人間を皆疑
いてみる

沖縄の毒ガスをみなここに積み上げて戸惑わ
せてん皇居前広場

民主主義の造りしことば象徴という語義を解
かざる文明暗し

落ちて行く夕陽はろばろと眺めやる日本の拠
点東京に住む

松のみどり色深からず澱みたる堀に囲まれし
偶像の家

白い薄いカベに仕切られたる宿におし殺した
る人間の性

銀座の孤影

みだらなる声はり上げて飲ましめん所詮五尺
の人憩うところ

流行を逆さに吊し生きて来し吾に対座して銀座は語らず

人間は魔性の業よ相抱く変化の相を求め行く時点

天を染めて浮くは銀座の街明り孤独なる者ら地を這いて行く

空しさを例えば人間の業として宿しめてならぬ邪念を生くる

虚飾の限りを尽し空しき光り放てる銀座四丁目
下を向いて歩く

夜のない街夜のない男夜のない女が雑居する
銀座華やぐ

虚言空しからず地をかき分けながら行く銀座
の孤影

顔

造られたる人間の闊歩冬の風に肌を見せゆく
銀座の女

文明の浪費空に放ちて絶ゆるなし夜の銀座の
うつろなる顔

マッチ箱の人生と思う危げに近づけてみぬ唇
の色

手に触るる情あたわずものみなが影をつくりて群衆は行く

壁一枚の孤独よ空しある時は星のない空を仰ぎて居たる

男性をカクテルにして飲みほした顔ばっかりの銀座の画像

孤絶なるもの星空に飛ばしめて吐息の限り歩まする道

人間のエゴを集め尽し盛りてある器の如き東京と知る

東銀座

おのがこころたのしませてん夜の道銀座は傍観のままに美し

沫雪の並木は煙る東銀座物売りの声ききつつ歩む

平和なる無言の歩み続け来たり煙りに巻かるる柳なつかし

家におきし妻子を思う夜にして銀座は柳の色を見せざる

ひとつひとつこもりて孤独一千万深海の貝の如き群像

ゆるやかな光りの中を流れゆく人間の性を集めたる銀座

遠くなる思いのみしてわが母国踏まするよい
ま東京の地点

霧に濡れた銀座八丁目は黙しおり夢心地なる
而立の樹齢

影

一千万のエゴイストここに宿しめて冬は続き
ぬ東京七〇年

人質となりたる故郷を思うだに東京の無言を憎みて居たき

影を作るビルをマッチ箱のように見て過せし十二ヵ月虚空の時間

充満せる吐息のみにして冬の日の車体はレールを走り行きたり

人間はみな一人にておのおのの影を踏みつつ歩まする道

きみ達にかかわりなくて今もなお沖縄島は犯
されつづく

自分のことで精いっぱいなのだ東京は黙々と
列車に乗る為に並ぶ

国引きの伝説のもし生きてあらば沖縄島をた
ぐり寄せてん

Ⅴ　古寺漫歩抄

鎌倉の里は、風雪のいたみを負いながらもその歴史の跡をとどめている。そこには古代人の野望と美の象徴が、色あせた形となって昔を語っている。心を空しくし得ない人は、昔人のことばを解することは出来ない。

ある時は、わたし達が否定して来た日本の過去に向って、素直にひざをついてみてはどうだろうか。

歴史は人間の英知の集積である。沖縄という廃墟の中で育って来たわたしは、そのようなものの中にふれてみることはほとんどなかった。栄枯の姿を見ることによって、日本人の社会観が現われて来る。そういう視点でわたしは日本の国が好きになった。

日本人の戦争という認識は「源氏と平家」から教えられている。日本人は「源氏と平家」の戦争しか知っていない。日本一千年の歴史は、その戦争を想起する感覚で十分だったのである。

第二次大戦があるにはあっても、日本本土が戦場ではなかった。戦争を体験しない人間に戦争を知ろうはずはない。あの時日本人は単なる侵略者だったのである。

わたしは、鎌倉の古戦場に座して日本を考えた。日本人が沖縄に向けている心を理解してみようと試みた。そうすると何げなく日本人が考える戦争というものに同情をよせるようになった。

彼らの感覚で、沖縄に秘められている近代の兵器を理解することは出来ないのである。それを、こちら側から理解させる為には、それなりの時間を必要とするし、また相手のいろいろな条件もある。やっぱりそのことは怒らない方が勝っている。

沖縄の中に居ると、何物に向ってもすぐに感情で対決する要素となる。単調な色彩と、原色だけを見ているからである。それに反して、日本は多くの文化的な深みをもっている。霧島山の火山岩の色は、いかなる現代の美学をもってしても尽すことは出来ない。秘められた伝説が幾万とある。人間くささを脱し得ない琴平の杜は、恐らく仏神と人間との違いでもあろうが、そこに現代の映像を見ることも出来た。

日本の古寺を見ることは、すでに現代の人間にとっては夢を追う作業であるかもしれない。文明に荒される古寺を行くということは、ある意味では空しいものもあるが、その空しさの原点にかえって、現代そのものの文化の空洞化を思うとき、やはり日本のもつ古寺は日本文化の意味そのものである。古寺を散策することは、日本そのものを問い返すことにも似ている。それにしても、古寺に秘める歴史の意味は、はるかに政治を越えている。

梅の庭

風つめたく吹き抜けて行く慶長寺梅あかあか
と花咲かせたり

太刀を佩き馬前に死する幻想のたしかめがた
しかまくらの里

興亡の歴史は無常を語るなしかまくら山の諦
観の海

吹きのこす梅の花紅し冬の風つめたきままの
慶長寺の庭
地蔵像の顔の一つ一ついとしみて暮るる夕の
鎌倉の古寺

未完

乱世の中にて孤剣をみがきたる達人というこ
とばいとしむ

人間の業定まらず立ちてある薬師三尊も未完のままなる〈宝城坊〉

座してある阿弥陀如来の手のひらの中に空しく鎮めてんわれ

御祓いの挙動は確か満天のかまくら山に住む邪念を去る

舎利殿に吹きなでる風そのままに吹かれて居たき円覚寺境内

その上の無学祖元のことどもを語りてくれし
盧舎那仏坐像

秘めてある垂木やぐらの本尊に語りてみたき
人間の虚実

方丈の悟りは凡夫のものにあらず円覚寺の杉
空につき射す

攻防のあと

ありし世の関東武者の驕りたる姿よきかな馬上ゆたかに

くれないの梅盛りにて東慶寺こぼるるばかりの光を放つ

ぼんぼりに光り集めて神々を呼び来てあらん己が中の忌

名刀の海はろばろと澄み居たり稲村ヶ崎訪い来たり今

攻防の拠点はさびし極楽寺寒空に咲く梅の一輪

寄りて来る懐古の客を誘う如芙蓉は咲きぬかまくらの里

古像いくつ長谷のみ寺の石段を数えつつ思う如来像の相

しずやしずしずかに雪を降らしめて静御前の
恋慕は濡れる

霧島山

虚無の性宿しめてのぼる山ひとつ白鳥山は九
州の屋根

地に向きてにぎりしめたる手のひらの虚言を
吐きていま暮るる夏

くにたみの祈願のもろもろ秘めてあらん霧島山にさしかかる雲

これがわが祖国のいのちゆく雲に両手をひろげて深呼吸する

わが中に夢をあたためのぼり来しえびのの里は日本の太古

湯の山の煙けぶりて満つる思い湧き来て一人山すそを行く

韓国岳《からくにだけ》過ぎ行きし雲音なくてさそわるるかに
見入りてありぬ

どこまでも続くえび色九州の嶺にいたりぬ夏
の終りに

路の記

シャンシャンシャン馬乗りて華やぐ物語り夢見る如
くバスに揺らるる　〈宮崎〉

琴平《ことひら》の杜のとうとさ道々に人間の業見ながら
歩く

栗林の面影あわしひょうひょうと太古は古り
たるままにやさしく

杜の中に何をかあらん一つ一つ数えてのぼる
千三百五十

かの昔屋島の森に血を染めて散りにしという
武者を想える

海の果てにしずみしという人影も無くて悲しみの岩に座すのみ

阿波へ行く道なればいまこの海の悲しみのまの波音を聴く

渦

潮の落差もてあそびいる岩の背の鳴門は青春のときめきに似て

大きなる輪をおのずから作らしめ冬近き日の
淡き波の音

近き山遠きしずもり今日の日の荒れたる潮の
鳴門を過ぐる

ゆるやかに渦をつくりて巻きてあれば生き者
の如き鳴門の風情

渦巻きつつ深くえぐりてしずもれば天空はい
ま晴天のまま

この海の渦のめぐりに人生の満つる思いを確
かめてみん

わかきいのちそこに叫びぬ淡路島弁論の道伝
えてん今

山の音か遠き地鳴りか海鳴りか絶ゆるなきも
の心に持てり

往き来する潮の流れに逆ろうて海鳥の如き舟
遊ばしむ

道をゆく人の心の空しさをよろこびとして生きゆかんのみ

水道の渦は太古のものと知る確かめて見ん弁論日本一

Ⅵ　吹き溜りの地点

沖縄は吹き溜りの地点である。三十カ国余の人間が肌をつき合わせていても、その中に共通の場がなく、お互いが自分だけの交差点をもって生きている。戦争へ駆り立てられた人間たちが、ようやくにして生きのび、残された人間の動物的な部分を発散している溜り場である。人間の否定される部分のみを露骨につき出し、それを恥らいもなく生活として生きている。ある人はこの島の宿命であるという。島は定着する思想というよりも、むしろ寄りては帰る人間を世話する「送り迎え」の情が優先する。従って島の人達は旅人に向っては実に親切である。沖縄にもそれがある。ある時は、そのような親切は、侵略者に向っても働く。相手が侵略して来ていることも知らずに、そのような情になってしまうのである。自分から進んで事を図るよりも、相手に従っている方が都合がよい。そして最後には狂った者にまで利用される。人間の部分を失いかけた人間の吹き溜りであるこの島は、夜に昼に野性の業が働らくところとなり果てている。動物ではないそれでも人間であることを自認しなければならない存在がこの島の常道なのである。

やがてこの青い海も空も、神話のように移り変っていくものかもしれない。

いろいろな分野で安易に妥協していった一つ一つの堆積物が、一つの大きな汚物の流れとなって流れることは目に見えている。この島の不幸を語ることはやめよう。海が廃油を浴び、空が煤煙に涙する時、それでもこの島は生き続けるであろうからである。

このところ沖縄では、反戦反軍GIたちによる集会が目立って来た。人を殺すことを教えられて来た彼らが、振りかざしたこの挙の重みにたえかねて、いわゆる人道に目覚めていく。人間が生きるということを戦場の中から学びとった彼らは、生命の尊さを語りつづけてやまないのである。アメリカ人の中にもやはり赤い血が流れていた。その声は、だんだん大きな高鳴りとなって大陸へ向っている。この吹き溜りの地点にも春風が吹きはじめているのである。

ところで、日本のわたし達の政府はどうか。いつまでも腐蝕しきった虚像にしがみついていて国民の声に耳を傾けない。

いまは日本こそ吹き溜りである。日本が大きく傾いていく予感がする。民衆を宿さない政治がそこに存在しているということは、すでに政治の限界である。この島の吹き溜りの要因を除去するということは、日本が世界に向けてどのような指導性をもつかということでもある。

——今、ニュースで中国の国連加盟を報じている。中国を拒否して来た日本政府代表の戸惑いが、国連総会の中から大きく写し出されている。

反戦ＧＩ集会

〈一九七一年五月十七日・コザ市〉

沈黙の画像は笑みを覚えたり反戦米兵を囲みながら語る

ベトナムを行き通いいる君らなれば平和を語る尊さを知る

横文字の誓いのしるしＧＩの戦わざるを倫理となさん

青い空にかげりを作るアメリカの悔いを泣きいるか反戦GＩ

沖縄の意味を知りたき声にしてしばし彼等の懺悔となりぬ

きみ達も人間なればいのち一ついとしみながら反戦を叫ぶ

死と対座しているGＩたちの集会の中に自分を浸してありき

基地の街コザの中にて芽を吹きし反戦GIの
集会を喜ぶ

アメリカの小さな亀裂を喜びて歩ますする道白
煙の飛ぶ

それぞれに喪章をつけて集い来しGIたちに
親しみの湧く

宿命の十字架を遠く投げ捨てん母国へ続く群
青の海

「異族の論理」宙に吊してひたすらに確かめて見ん黒と白の色

基地の中から反軍反戦を叫びたるきみ達の勇気を支えて居たし

太陽は地に落つるなし反戦を語りつぎてあれコザの街の中

吹き溜りの地点

黒と白の倫理は深い謎を秘めアメリカの恥部
の原点となる

死にはぐれたるものみなここにあつまりて棺
を作り居る造型あまた

人間の差別の論理そのままに東と西に島を分
けたる

アメリカの縮図なりせばコザの街の黒人街を
黙しつつゆく

点滅のネオンの顔はそのままに異国の兵の快
楽となる

夜ということばの甘さきみ達の区別されたる
快楽の涯

人らみなほろびほろびて今ここにほろびの哲
学確かめている

人間のみにくさのみを見するところ沖縄はい
ま吹き溜りの地点

黒い街

キリストの血を吸いつくしたる土地にして嘉《か》
手《で》納《な》の海の遠くひろがる

朱の梯梧そのままにしぼむ暑さにて反戦平和
を説く声に和す

必然ということば信ぜずこの島に骨を埋むる
拠点をさぐる

いつのまにか黒人街白人街と区別されしコザ
の街に見るアメリカの世相

うつむきて島の女は座してあり異国の兵の群
れ居るところ

闇の中のアシュラの裸像よみがえり狙いうつ
べし汝が中の敵

世変りをひた信ずべしアメリカの基地に向かいてスクラムを組む

沖縄の不幸も多くこの地より生まれてありき黒い街白い街

生まれながらに背負はされたる黒十字を確かむる程の兵士にありや

二十余年の疎外の道を踏み来たる民の声々鎚音となれ

人間の野獣の部分の吐きどころこの街の中の
主人公は誰

立ちどまりつつ

思想は今行動とならず地を這いて長蛇の列の
ままに消えゆく

音高く空に流れてきょうきょうと迫り来る沖
縄の恐怖の時間

敗北の如き歌声伝え来たり地を這う如く進む
列の中

かしましき爆音に向きて張り上げし声は歌声
とならずに散りぬ

追いたてる警官の声悲しくも同じ血を分かつ
者と思えず

きみも又人間の顔に変りないぞと教えねばな
らぬ人間の群れ

警官にはさまれたまま行進をつづける学生の
哀れにも見ゆ

血を分かち耐えたる二十余年遠かりき悲しき
ことよ警官の言動

異民族の支配は悲しロロにアメリカ帰れとシ
ュプレヒコール

心さそう島の浦々に幼年の影を探さん立ちど
まりつつ

白い光

血の色をあびせる如く有刺線囲みて嘉手納の
基地に居すわる

人の波すれすれに飛ぶ爆音にふりあげてみた
こぶしいたわる

有刺線はりめぐらしてきみ達の平和と安全信
ずべき否

暮れてゆくアシュラの街よこもごもに語り尽せぬ悲しみをもつ

〝安保反対〟吾らの声はとどかざり人間同志の痛みは消えず

耳を裂く爆音のこし去って行く黒い尾翼の明日を持たざる

白い光り吐きすてていま空に浮く天と地の間人間の虚無

人間の恥部さながらに吐きすてるチューインガムの味覚なき世界

風景

たばねられたるまましぼらるるサトウキビのトラックの列の煙塵白し

テンサグの花を爪先に染めたという淡き伝説に心を寄せる

波の華浮けてひときわ光り映ゆる残波岬に秘め来たる虚像

死の音の響きてありぬ舗装路の熱気の中を歩きて居たり

数万の音のカクテル天上にふるわせてあり嘉手納は暮るる

死を呼ぶ音聞きいるは無念今日もまた嘉手納の空をゼット機は飛ぶ

黒々と流れていたり横文字の下くぐりながら
続く人間

はりめぐらす有刺鉄線すれすれにB52は吾が
頭上を飛ぶ

民衆の世紀

葬送の行列のような毒ガスの移送見守る民衆
の世紀

逃げ場のない島をさ迷う人々の心の中の原点
を泣く

きみ達の神々を射ん今ここに宙に吊られし文
明の利器

この深き山にも人間の営みの蔵されてあり赤
土の見ゆ

飛来せし死神あまた並び居り黒き墓標をきざ
む兆しか

旋回する音なまなましその下を基地に向かいて赤旗ゆれる

身に刺さるるソテツのとげの甘き味知りたきあたり有刺線つづく

人おのおの一つのいのち持ちながら逃げ居るよいま毒ガスの村

不連続線

青く澄む海が恋しい夏の日の迷いをいたむ不連続線

削り終る赤鉛筆の粉末を塗りつぶしたり月面の肌

あけもどろの空に一筋の金色の雲を浮べて地球は丸し

人間はみな一人にておのおのの影を踏みつつ
歩ますする時間

山肌は赤く染まりぬここに来て地球の自転を
信じねばならず

やしの実のしたたる影にほろほろと聖母を泣
かせしよわい十八

文明を並べて地平は静かなり松の木立ちにサ
トウキビの揺れ

闘鶏のちからつきたる形してネオンまばゆき
コザの街をゆく

石

むらさきの空のかげりよどこまでも続きてあ
りぬ化石の幻想

黙然と座してそのまま朽ちてある化石のまま
の人間に対う

たくらみは手に取りて見ゆ数々の沖縄島への虚言の堆積

「地球が円い」などと考えてはならぬ日日ポケットに手をつっこんで歩く

黒く続く夜の半ばの斑点の紋様に似し愛を持ち得ず

不均衡の連鎖の糸をたぐりつつ燃えているような太陽に向かう

心狂うことも正常なものだと考えながら基地の街を歩いていたり

こころさそうネオンの蔭に血ぬられし沖縄島の幻想をみる

軌跡

遠鳴りの爆音を子守唄にして寝たる吾子は大きく育てたきもの

肝太く生まれしならん荒れし世に生くるものなれば寝顔見つむる

いまだしもやすやすと寝るよ爆音の近くに来るも関わりのなく

基地というまわしいことばに関わりなく眠りてあるよ空の見ゆる窓

ときどきは爆音近くそのたびに眼を開かせて眠りたる吾子

目覚めては親を求むる頃なればしばし涼風に
抱きていとしむ

二十一世紀に生きてあるべし力強く乳首を吸
う吾子の瞳の

顔いっぱい大きな瞳を開かせて飯粒をぬる誕
生の宴

パパ、ママと言いはじめたる吾子を抱けばし
ばし爆音を忘れたる部屋

親のまねをしつつ育ちゆく吾子にして腕に抱かれて爆音を聞く

たのしみは一つの座標定めたる吾にまつわり遊ぶ子のある

楕円形の焦点の位置狂わずに連なりてありわが中の図形

生きてゆく軌跡は両の車輪にてはるかなるもの追いつつゆかん

日本の傾斜

同族の支配さながら呼びてある妖笑のいま沖
縄を襲う

血の色の変化《げ》のままに見てあらん沖縄を軸と
する日本の傾斜

怨《おん》霊《りよう》の呼び声に和すきのうきよう徒長せしま
まの雑草は空に這う

連帯ということばの虚実・団結ということば
の浮遊・この島の重い長い時間

吹火筒《ヒーフチミー》の眼孔に映る遠い祖国安保繁栄のうつ
ろなる顔

断たれたる雲は南北に移り行きぬ両棲類と同
族の民

声ふるわせ唄いていたり島の浦に沈んでいく
ような沖縄の土着

伝え聞く人頭税の過酷なる歴史の如き時勢を
生くる

追われゆく魚類の如き人間の群れいてありぬ
海道の岩

天敵をくり返しいる動物の性さながらに日本
の為政

悪霊を呼ぶ靴音の高くして狂いてありぬ終り
なき夏

沖縄をドル吸収のかなめとせし日本エゴイズムの低迷のさま

自治は所詮神話の如きものなればさからいてみたき潮流と知る

沖縄を背負いてアジアへ近づきし虚構のままの日本の肥大

あるときは隷属の習性そのままにおののきてあり文明の狂気

わが中に母なる祖国が溶解する音のしてしばし宙に眼をやる

空疎なる幻想を追う日々にして試されてありおきなわの旗手

近づく五月十五日

一九七二年二月二一日、太平洋を越えて、ニクソン米大統領の歴史的な中国訪問が実現した。ベトナム戦争や沖縄をはじめとするアメリカのアジア政策は、結局、平和の波にうち勝つことはできなかった。世界はいま、中国「封じ込め」政策から、大きな「雪解け」へ向って前進しつつある。

その変化の中で沖縄は、日米安保条約の変形のまま、更に苦渋が強いられている。米軍に肩代りする自衛隊の導入、物価の上昇、各種制度の問題等、復帰ショックは大きな輪となりつつある。更には、沖縄人の祖国への幻想は、いま新しい視点を求めている。

この章は、このような状況の中で、第二版の為に加筆したものである。

濃く咲けば餓死の前ぶれと伝え聞く仏桑華《あかばなー》この年は格別に赤し

木の枝の蜘蛛かいくぐりのぼり来れば悲しみ
のなおまさりてありき

国破れてのこる山河のいたいたし仏桑華地に
ゆるる道の島

人間の模造よ哀れ群れて来て青い果実の樹林
を倒す

黒い列がそのまま赤く燃えて居り戦を知らぬ
蝸牛の孤感

おのおのが屍体のように運ばれて傷あとのまま夜は続きぬ

三つ四つヘルメットは地に音のして踏みしだかれぬ世替りの島

敗北の悲しみはなし列の中に乱れしままの声ふるわする

されどわが心の中に響き来る語感はただに空しき祖国

降さるる星条旗いま日本のつわもの達の微笑
を誘う

声高く梯梧並木のひとところ渦巻きてあり執
念のまま

群鳥の過ぎゆきていま焔吐く連想のまま夕光
を待つ

投げすてしペンは軌跡をかきながら眠れる海
に波紋を作る

この海も死者を浮べて何くわぬ顔にてありし
くらくやさしく

新しき殺意よみがえる摩文仁岳復帰の日五月
十五日何思うべき

死者の来て岩影に佇つきのうきよう摩文仁の
海の魚紋あたらし

仏桑華《あかばなー》に風生まれいて冬の日の野鳥は死者の
夢をすて得ず

弾圧と屈辱のみ多し二八年島の道々に生きている死臭

近づき来る五月十五日不安のみつのりてわれらに戦後は長き

骨片のような月影宿しめて仏桑華咲く村は眠れる

燃え上る炎とならず不毛の地の五月十五日待つべきや否

血の色に萌えては落つる仏桑華しずもる海の
てのひらの島

エピローグ

思考の深みに沈澱して、そこから蟷螂の構えのようにじっとその孔口を睨む。人間の顔の一つ一つが異形の相となって、そこをすり抜けて通る。時にわたしは、それにかかわりたくもなるし、そのまま傍観者でありたいとも思う。

現代は、そのような小さな冒険しか個人には与えられていない。

戦後民主主義の新しい息吹きは、二つの極に流れて窒息寸前である。一つは、その吹き溜りともいうべき多数決の暴力が、すでに強い平手打ちとなって自分自身にはね返って来ている。やがて自らの平手打ちでダウンしなければならぬ運命にきている。

もう一つは、団結とか統制という名で共通の敵を見出していこうとする側がある。個人の中の創造性を埋没させることによって全体への同調者に仕立て、全体の目的の為にそれを具とするのである。いま、その極は糞詰りの状態である。

人間が生きる為にはそれなりの哲学が必要である。勿論その論理の通りに生きるということは許されないまでも、それを求める心は大切である。日本の戦後はそれを必要としなかった。民主主義という名で包括された美しいベールはあの自らの殺人鬼の姿を忘れさせ、台湾とか朝鮮、ベトナムの内政動乱のエセ傍観者であることによって、物質的には歴史上まれに見る繁栄を見ることができた。それが日本にとって良かったのか、それは歴史が更にその証明をしてくれよう。

しかし言えることは、国民が自分の経済力に酔って遊びとマイホーム主義に走り、政治への無関心と他を寄せつけずとも生きられるという盲目的な諦観から国民全般の中にマンネリ化の墓場とも言うべきエゴイズムが定着してしまったことである。

疎外とエゴイズムは現代の風潮とまでなってしまった。

いま日本の国会で猛威をふるっている自民党の三〇五議席は、国民の政治への無関心が呼んだ象徴的な現われである。

政治家が誰であっても生活は安楽であり得るし、とにかく自分達の狭い家庭に「波を立てない」ことが唯一の策なのである。ある時は、「諦観」そのものが哲学的でありえても日本はそれを持たなかったというのが妥当なのである。哲学をもたないというあり方は、多くの場合において自らの中に敗北者となって終る。いま日本は、政界を見る限りにおいてそこまで来ている。皮相的であるかもしれないが、それだけしかわたしの眼には映って来ないのである。

その中で、たえず「文学」そのものも不毛であると言われて来た。沖縄では特にそうであった。精神の不毛はそのまま文学の不作につながっていた。文学が不作であるということは、現代の中に自分を位置づけるという作業がないということである。

わたしの軌跡をたどってみる時、そこにはただ時間の堆積と倦怠と焦燥が染み付いた斑点となってあるだけで、燃えているものがない。悲しいことであるが、それがまたわたしのありのままの風景でもある。

とにかく、沖縄という風土の中で歌人をとりまく条件は、あまりにも荒んでいた。沖縄の中に文学があったかどうか、短歌があり得たかどうか、それは詰問しないことにしよう。「九年母」が十七年、八四号までも続いているということは、論理を超越して短歌の存在を否定できないものをもっている。歌人をとりまくいろいろな条件の中から、短歌そのものの生命を探りあてることが、いまはわたしに課された暗黙の道なのである。

短歌は一人一党の厳しい文学的世界である。それを認識し得ない人に文学を産む要素はない。ある時は一首の為に夜を徹し、雨の野にさ迷うこともある。自己の脳髄のどこをかき分けてみても、一筆の運びを満たせるものがない。それは苦難の業でもある。しかし、ある時はその自己が大きな広がりとなって地に満つる時がある。満つるものは退いてしまうのだと予感はしながらもしばしその中に浮遊の境地を求める。

そのような遊びにも似た中から、わたしの短歌は生まれる。それは悲しきものの具であり、また火の固まりのようなものでもある。

自己の中を詠み続けていく中に、やがて自己が全く見えなくなってしまったりもする。いつまでも、どこまでも自分との勝負である。相手が自分であり、戦う主体も自分であるから、結局は蟷螂の構えをして地中に沈澱していなければ自分が見えて来ない。短歌はわたしが地面の上を歩き続ける限り、わたしを睨んで離さないような感がする。不思議なめぐり合いである。仲間と話し合う時、よく短詩形文学の第二芸術性の理論にぶつかる。わたしはそれを肯定も否定もしたくない。そのような時間があれば、一首でもよいから否定論者の食思を誘うものを作ってみたい考えになるからである。恐らくはどのような文学の形式でも、賛否の論は可能である。しかし、最も大切なものはそのような理論をのり越える作品そのものである。従って、わたしの短歌が文学であるかないかは、わたしにわかったことではない。ただ夢中に歩き続けた軌跡の片鱗に過ぎない。

短歌の道に協調者は居ない。融合することも模倣することも許されない。自分で選び、自分で歩かなければならない。他人がどのような道を教えてくれても、歩いていくのは自分だけである。

今のわたしにとって過去も未来も存在しない。ただそこに「永遠の現在」が横たわっていて、その悠久なるものに螳螂の斧をふりかざしているわたしの姿なのである。わたしはそれをふりつづけていたいと思う。

さて、この歌集『あけもどろの島』一冊を世に送るにあたって、各方面からいろいろと教えを受けたことを記さなければならない。

当初は友人の山城賢孝君と共著で「遠い母国」として出す予定で編集も終っ

ていた。わたしはその原稿を携えて東京まで行った。歌人の前田透先生や、中野菊夫先生、石黒清介先生、岩波書店の田村義也先生、一路の相沢一好先生にも会って直接間接に教えを受けた。出版社とのわたりもついていた。

しかし、いよいよ話が進むにつれて、わたしの体の中で、これを拒絶する方向へ動いていた。わたしは、わたしの歌集を「沖縄から発するもの」として、たとえ貧弱な形でもよいから沖縄の中から産み出していこうと考えたのである。わたしは皆さんに詫びた。みんなも快く激励してくれた。

沖縄へ帰って考えている中に、二つの歌集にしようということになったのである。

わたしは九年母の誕生の頃から短歌を始めている。かれこれ十七年になるかと思う。十七年間の千余首の作品を並べてみた時、自分の恥部を眺めているようで、ただ自分の非才と不安を思うのみであった。結局そこで多くのものを棄て、また古い道を歩き始めた。

わたしは今、古い幻想を捨てる為に、この一冊を世に出すのである。

出版にあたっては、友人や先輩、教え子達からのいろいろな形のすすめがあった。

わたしの生き方の上でたえず教えをいただいている仲宗根政善先生や、わたしを短歌の道に導いて下さった中野菊夫先生に玉稿を賜わり、沖縄の風土に命を燃やしておられる中今信先生に題字をいただいたことは、この冊子の大きな喜びである。

更には、学友の画家山城見信さんが「あけもどろ」の表紙を現出し、先輩の与那覇朝大さんがユニークなカットを描いてくれたことは、この冊子を「友情と師弟愛」の創造体ともいうべき雰囲気を作ってくれた。

また、沖縄歌人クラブ会長の比嘉俊成先生はじめ、九年母の歌人達も大きな支えとなって下さった。特に友人の山城賢孝君には、企画の段階からいろいろ世話になった。福琉印刷の喜久里真哲さんも心に残る協力者であった。原稿の清書をしてくれたのは妻の洋子である。

ここに名前は記さないが、この冊子を支えてくれた多くの人々に報いる為、わたしはこれからも非才に鞭打ちたいと思う。

それにしても、いまこの後記を認め終えて、ある一つの念に駆られている。人間一代の訴えは一首の歌があれば十分であろうのに、わたしは一冊にしてしまった。一首以外のすべては無用の饒舌かもしれぬ。いや、そこにはその一首さえ存在しないかもしれない。もし許されるならば、この小さな冊子が芽となって、沖縄の短歌活動の一助にでもなれば幸であるという一語を加えておきたいと思う。

あけもどろの島は、やがてカクテルの光りに転じて、夜明けを迎えるであろう。みんなが待っている夜明けを……。

一九七一年　師走　大道の自宅にて

著　者

文庫版解説　世を超えて

光森裕樹

歌集『あけもどろの島』の初版は一九七二年一月一日を発行日として刊行された。その奥付には「定価二ドル（日本円七二〇円）」と書かれている。ドルを単位とした金額表記から、沖縄がアメリカの統治下にあったことがはっきりと分かる。一ドル＝三六〇円の計算となるが、おそらくは歌集を印刷していたであろう一九七一年十二月には、スミソニアン協定によって円は切り上げられ、一ドルは三六〇円から三〇八円となった。固定相場制が現実的に崩れはじめていく時期であったのだ。

歌集は早くも同年四月一日に二版が発行されている。沖縄が返還される日を目前として「近づく五月十五日」二十二首が加筆されている点が注目されるが、奥付では「定価七二〇円（二ドル）」と、日本円での金額が先に記述されるようになっている。見た目上はささやかな違いに過ぎないのかもしれない。しかし、こちらもまた五月の本土復帰を見据えた大きな意思ある修正である。

一九七一年末に発行された短歌研究社版短歌年鑑（『短歌研究』一九七一年十二月号）の「全国歌会概況」にて沖縄欄を担当した知念光男は、平山良明ら沖縄の歌人が、歌壇に影響を与えうることを予感としてあげながら、その一方で次のように述べている。

沖縄は72年祖国復帰を前にして、複雑きわまりない中にある。歌壇は無気味な沈黙を守っている。歌人たちは何を考え何を歌おうとしているのか。今はそれを知るよしもない。

沖縄の本土復帰の年とその前後の年の短歌総合誌を調べてみた限りにおいては、知念が述べた歌壇の「不気味な沈黙」は破られることはなく、沖縄を大きく扱う特集は見られなかった。夏場を中心に毎年のように沖縄が特集されている近年の総合誌の状況からは、想像し難いことである。もちろん、雑誌の編集方針や誌面作りの手順は今とは異なっていただろう。それでもやはり、歌壇が沖縄をどのように捉えていたかが透けて見える。そして、復帰からおよそ半世紀を経た今なお、沖縄が大きく扱われなければならない状況であることに悲しみを感じる。

一九七二年という沖縄が本土復帰を果たした大きな変化の年に上梓された歌集『あけもどろの島』が、二〇二一年というこの国全体に変化を迫る令和の時代に、文庫として再び世に問われる。その意味するところは何であろうか。

「沖縄」の「復帰前」という距離的にも時間的にも隔たりのある舞台背景について、歌集の世界により深く入っていけるよういくつか解説をしておきたい。

〈1　『おもろさうし』について〉

仲宗根政善の解説にあるように、歌集名の「あけもどろ」とは『おもろさうし』に由来する言葉で、「明け方」を意味する。

『おもろさうし』は古琉球のころから口承的に語り継がれてきた各地の「おもろ」を、首里王府が十六世紀前半からおよそ百年の歳月をかけてまとめたものである。「おもろ」は、その多くが人から神へと捧げる神歌であり、巻にして二十二巻、千五百首を超える。本土の文学に対比させるのであれば、『古事記』や『日本書紀』に並ぶものと見なせる。あるいは、不定型を基本とする「おもろ」も時代を経るごとに琉歌に通じる定型の音数が見られることを考えると、ウタの世界の根源、つまりは『万葉集』にも相当する位置を占めると言えるだろう。

いずれにせよ、平山はおもろの時代から沖縄の文芸に脈々と受け継がれてきたものをその身に背負いながら、現代に詩をもって立ち向かう。『おもろさうし』からの影響は、自身でその研究を重ね深めていく第二歌集以降にいっそう顕著となるが、平山の原点が『おもろさうし』にあり、おもろ詩人の魂を引き継がんとしたことは重要なことである。短歌という言わば本土由来の文学が、現代短歌という結節点において沖縄の古典文学と繋がりを持つことの豊かさがここにある。

〈2　黒い尾翼について〉

歌集の中に、「黒い尾翼」やそれに類する言葉がいくつか見受けられる。これは、ベトナム戦に投入され、「黒い殺し屋」という異名を持つB52戦略爆撃機の垂直尾翼を指す。B52は迷彩模様を施す際にも、機体の下側半分と垂直尾翼は黒く残された。北ベトナム軍の主には光学誘導による対空射撃を妨げるためであった。この黒い垂直尾翼は、嘉手納基地などに駐留されたときは特に目を引いたようで、現在においても米軍統治下の沖縄を振り返る際に言及されることがある。

人間の血を吸い尽したる土地にして黒い尾翼の構図となれり

黒き尾を残して機体は消えゆきぬブーゲンベリヤは軒並に赤し

一首目では、沖縄戦で多くの人々が亡くなった土地が米軍基地となり、今度はベトナム戦で人を殺すための爆撃機が整然と並ぶ様子が描かれている。二首目では、爆撃機が飛び去ったあとも黒い尾翼が残像として見えることを詠んだものであろう。ブーゲンビリアの赤い包葉は美しくもどこか鮮血の色を想像させる。一首目同様、黒と赤とが歌に配されていることが印象深い。B52の黒い垂直尾翼は、沖縄島がベトナム戦争の大きな土台となっていることを、そして、望まぬままに戦争に加担させられていることを、人々に強く意識させたのだ。

B52撤去の呼び声うち消して頭上を低くベトナムへ飛ぶ

核兵器の搭載が可能な同機は一九六八年に嘉手納基地で爆発事故を起こしている。翌年にはガス漏れが起こったことでその貯蔵が判明した毒ガス兵器とともに、沖縄の人々による撤去闘争へと広がっていった。沖縄の強く輝く太陽の光を背に、頭の上をかすめ飛ぶその爆撃機はいっそう黒く見えたことであろう。

〈3　第四の琉球処分について〉

「祖国復帰」とは日本の戦前へ還るのかと疑いてみる状況と知る

第四の琉球処分をわが裡に試されてあり重い時間の中

「琉球処分」とは明治時代に、琉球国が琉球藩（一八七二年）、そして沖縄県（一八七九年）へと解体処分されていった過程を示す。この琉球処分に比する出来事が幾度も繰り返されてきたのが、この約一五〇年の琉球・沖縄の歴史である。それゆえ「第〇の琉球処分」という譬え自体は、沖縄を語るうえでよく見られる。沖縄戦により多くの島民が命を落としたことを「第二の琉球処分」とし、一九五二年のサンフランシスコ講和条約発行とともに、沖縄・奄美・小笠原が本土と切り離されたことを、「第三の琉球処分」と数えることが多いだろう。なお「主権回復の日」とされる条約発行日の四月二十八日は、今日の沖縄でも「屈辱の日」と呼ばれている。長らく望んできた本土への復帰が、それを目前に委ねてよいものかと不安を生じさせる。もしかすると「第四の琉球処分」となるのではないかという疑念が凝ってゆく様が、引用した二首から読み取れる。「七十二年、核抜き、本土並み」として進められてきた本土への復帰について、平山は次のように書いている。

本土並みも有難いことばである。しかし本土の人達は、自分の体が少くともあなたが気付かないところで蝕まれていることを知らないだろうか。わたしにはそれが不思議でならないのである。おきなわを通して、日本が何をして来たか、そしてこれから何をしようと企んでいるか、そこには何の意図もないだろうか。

「復帰の意味するもの」（「沖縄歌人」一九六九年冬季号）

文章には「一九七〇年二月一日」との日付があり、『あけもどろの島』に収められた歌と、書かれた時期が重なる。歌集の通底をなす平山の想いであり、そしてなお現代においても強く響く問いである。

〈4　渡航の制限について〉

当時、本土と沖縄との行き来は制限され、渡航には身分証明書（沖縄渡航用パスポート）と米軍が発行する渡航証明書が必要であった。例えば、序を寄せている中野菊夫が沖縄を訪問した際に、入域をＵＳＣＡＲ《ユースカー》（琉球列島米国民政府）によって幾度も拒否されたことを平山は記している（『時を識る』二〇〇六年・むぎ社）。同姓の評論家と間違われていたことが要因であったようだが、気軽に行き来ができたわけではないことが分かる。平山自身は高校教師として働く中で、本土研修教員として、およそ一年間を東京で暮らす機会を得た。本歌集に、東京などの沖縄以外の土地の歌が収められている所以である。

　　身辺に死を宿しめて歩かねば所詮東京は一片の紙幣

東京という都市の寒々しさが痛烈に描かれた一首だ。東京を「一片の紙幣」を言い棄て、経済がすべてを支配する虚しさと、何かをきっかけにすべてを失ってしまいかねない危うさを語る。この鋭い譬えが生まれた背景には、沖縄から東京に行く際に、通貨を換金する必要があったことも関係しているだろう。

　沖縄の歌人が、東京や広島などの他の都市を歌うことの意味は大きい。近年の総合誌において沖縄の特集が多いことは先に述べた。その事自体は大変望ましいものである。しかし、どこか沖縄の歌人は沖縄特集の中に留められていて、特集内に呼ばれるいわゆる本土の歌人も限定的ではないか。同じ特集の中で両者の間には薄い膜があるようであり、そしてまた、特集そのものへの出入りにも言い難い渡航許可証のようなものがあるように思える。本土との行き来が難しかった時代に編まれた平山の第一歌集に、都市詠を中心に沖縄ではない土地の歌が多く含まれていることを、重く考える必要があるのではないだろうか。

この一冊は、沖縄が「アメリカ世《ユー》」から「大和世《ユー》」へと再びの変動を迎える中で、もがき続けた歌人の歌集である。歌集を通して、沖縄の苦しい歴史や、複雑な現在の状況に読者が興味を抱くことになれば、それはこの地に生き、歌を詠む歌人の多くにとって望外の喜びとなろう。沖縄に身を置く一人として私にもそのような気持ちがある――と、ここでこの解説の筆を擱いても良いだろうか。

いや、それに留まるはずはない。生を受けるにあたって自らは選び取れなかったものや、自らを超える大きな力に翻弄されながらも、魂が叫んで已まないこと――そのようなことが、いつの世の読者の中にも顔貌を変えて潜んでいるはずだ。『あけもどろの島』は、沖縄という存在をあなたに手繰り寄せる一方で、あなたの奥深くに沈んでいるものを照らし出し、目を背けるな、語れ、と突きつける。それこそが、世を超えて復刊される意味ではないか。

平山良明略年譜

運天政徳編

一九三四（昭和九）年　0歳
一〇月一六日、沖縄県国頭郡今帰仁村に生まれる。

一九四一（昭和一六）年　7歳
国民学校令施行。天底国民学校に学ぶ。

一九五〇（昭和二五）年　16歳
三月、今帰仁中等学校卒業。

一九五三（昭和二八）年　19歳
三月、琉球政府立北山高等学校卒業。
四月、琉球大学理学部生物学科入学。

一九五五（昭和三〇）年　21歳
「アララギ」入会、土屋文明の選を受ける。

一九五七（昭和三二）年　23歳
三月、琉球大学文理学部国語国文学科卒業。琉球政府立那覇商業高等学校勤務（以後、首里高校、那覇高校等で三十七年間、教職に就く）。

一九六四（昭和三九）年　30歳
第二回沖縄タイムス教育賞受賞（国語科教育、特に高校弁論指導に尽くした功績）。

一九六五（昭和四〇）年　31歳
沖縄県高等学校弁論連盟結成、理事長に就任。

一九六七（昭和四二）年　33歳
全国高等学校弁論連盟理事長に就任。当時、首里在の琉球大学講堂にて県内初の全国高等学校弁論大会を開催。

一九六八（昭和四三）年　34歳
おもろ研究会入会。

一九七〇（昭和四五）年　36歳
文部省派遣教員として東京都立目黒高等学校勤務（一年間）。

一九七二（昭和四七）年　38歳
一一月、第一歌集『あけもどろの島』（沖

縄歌人クラブ）刊行。

一九七五（昭和五〇）年　41歳
文部省海外派遣教員としてヨーロッパ研修に参加。

一九七六（昭和五一）年　42歳
沖縄タイムス歌壇選者となる。沖縄県歌話会（現・歌人会）結成。

一九七九（昭和五四）年　45歳
第一四回沖縄タイムス芸術選賞奨励賞受賞（短歌研究に尽くした功績）

一九八二（昭和五七）年　48歳
三月、兵庫教育大学大学院国語科教育学修士課程修了（教育学修士）。沖縄県立教育センター研究主事（〜昭和六一）年。

一九八七（昭和六二）年　53歳
沖縄女子短期大学非常勤講師（国語表現法、人と文学　〜平成一一年）。一一月、第二歌集となる日本現代歌人叢書第九三集『平山良明歌集』（芸風書院）刊行。

一九八八（昭和六三）年　54歳
第二二回沖縄タイムス芸術選賞文学大賞受賞（短歌研究、沖縄短歌界発展に尽くした功績）。トヨタ財団奨励賞受賞（方言札の研究）。

一九八九（昭和六四年／平成元）年　55歳
沖縄タイムスカルチャースクール講座「おもろを読む」「短歌」講師。五月、『国語教育と短歌の指導』（六法出版社）刊行。

一九九〇（平成二）年　56歳
一〇月、『親と子のための沖縄古典文学』（むぎ社）刊行。

一九九二（平成四）年　58歳
那覇市文化協会設立に参画。

一九九四（平成六）年　60歳
「黄金花表現の会」結成。

一九九五（平成七）年　61歳
おもろ研究会初代会長・仲宗根政善氏の後を受け、二代会長に就任。研究会は現在までに一八六〇回に及ぶ。

一九九六（平成八）年　62歳

「おもろを読む会」を設立、会長に就任。冬至の日におもろゆかりの地を訪ねる市民参加型イベント「太陽祭」を毎年企画・実施（～平成二七年）。

一九九七（平成九）年　63歳

サントリー地域文化賞受賞（おもろ研究会・おもろを読む会）。

一九九九（平成一一）年　65歳

琉球大学教育学部非常勤講師（教材開発論・国語教育論　～平成一六年）。

二〇〇三（平成一五）年　69歳

「短歌往来」（ながらみ書房刊）に「沖縄の文化を辿る」連載（　～平成二七年全一〇五回）。

二〇〇四（平成一六）年　70歳

名桜大学大学院非常勤講師（おもろさうし特論・南島歌謡論等　～平成二八年）。

二〇〇六（平成一八）年　72歳

十月、第三歌集『時を識る』（むぎ社）刊行。

二〇一一（平成二三）年　77歳

那覇市制施行九〇周年記念特別表彰受賞（おもろさうしの研究と後継者育成・郷土文化の興隆に尽くした功績）。

二〇一三（平成二五）年　79歳

三月、『おもろを歩く』（波照間永吉、大城盛光と編著、琉球書房）刊行。

二〇一八（平成三〇）年　84歳

第一回御茶屋御殿文芸大会会長をつとめる。

二〇一九（平成三一／令和元）年　85歳

沖縄県文化功労者表彰。

二〇二〇（令和二）年　86歳

那覇市政功労者表彰。

文庫版あとがき

歌集『あけもどろの島』は平山の二十代の作品が多い。いま平山は八十六歳、沖縄の戦後を、夢中に歩き続けて来た。この歌集に収められた作品を、現在の若者の眼で見た時、同じ沖縄が抱える問題でありながら、異様な姿に見えるのではないか。物事は変化しながら移動している。その変化に耐えることが大切である。これらの作品が、それぞれの価値を保ち得ることが大いに必要だと思う。

五十年のトンネルから目覚めようとする『あけもどろの島』であるが、誰かの手によって拾われて、一読されることを望む。老体になってしまったけれど、太陽の思想は変わらない。再びおもろの思想に学びたいと思う。天に鳴動《とよ》む大主…。あけもどろの花は咲いわたる…。

令和二年十月二十九日記す

平山良明

本書は昭和四十七年沖縄歌人クラブより刊行された

平山良明　　　　　　与那覇朝大 画

GENDAI
TANKASHA

歌集　あけもどろの島〈第一歌集文庫〉

令和三年二月十一日　　初版発行

著　者　平山良明
発行人　真野　少
発行所　現代短歌社
〒六〇四―八二一二
京都市中京区六角町三五七―四
三本木書院内
電話　〇七五―二五六―八八七二

印　刷　創栄図書印刷

定価　本体８００円+税
ISBN978-4-86534-353-3 C0192 ¥-800E